꽃보다
먼저 다녀간
이름들

꽃보다 먼저 다녀간 이름들

초판 1쇄 발행 • 2017년 12월 15일
초판 2쇄 발행 • 2018년 4월 23일

지은이 • 이종형
펴낸이 • 황규관

펴낸곳 • 도서출판 삶창
출판등록 • 2010년 11월 30일 제2010-000168호
주소 • 04149 서울시 마포구 대흥로 84-6, 302호
전화 • 02-848-3097
팩스 • 02-848-3094
홈페이지 • www.samchang.or.kr

디자인 • 정하연
인쇄 • 신화코아퍼레이션
제책 • 국일문화사

ⓒ 이종형, 2017
ISBN 978-89-6655-091-3 03810

* 이 책 발간비의 일부는 제주문화예술재단으로부터 지원 받았습니다.
* 이 책 내용의 전부 또는 일부를 재사용하려면
  반드시 지은이와 삶창 양측의 동의를 받아야 합니다.
* 책값은 뒤표지에 표시되어 있습니다.

꽃보다
먼저 다녀간
이름들

이종형 시집

삶창

가만 생각해보면 참 고마운 일이다

늦깎이로 詩를 만난 일

詩가 맺어준 사람들을 만난 일

詩가 곁에 있어서

그들과 함께여서 참 다행이다

가끔 술자리에서 독백처럼 했던 말이지만

詩를 만나지 않았다면

허기지고 외로운 시간들

생의 변곡점을 지나는 계절들을 잘 견뎌낼 수 있었을까

지나온 시간들이 누추해지지 않아서

태어나고 살아온 내력과도 마침내 화해할 수 있어서

다행이다

2017년 늦가을 아라동에서

차례

제2부

제3부

제4부

제
1
부

山田*

깨진 솥 하나 있었네
누군가는 버렸다고 하고, 누군가는
떠나며 남겨두었다고 하네

어느 겨울
솥을 가득 채운 눈을 보았네, 문득
갓 지은 보리밥이 수북한 외할머니 부엌의 저녁이 떠올
랐네
山田의 깨진 솥은, 그해
뜨거운 김을 몇 번 내뿜었을까
달그락거리며 솥바닥을 긁던 숟가락은 몇이었을까

겨울이 수십 번 다녀가고
수천 번 눈이 내리고, 얼고, 녹아 흘렀어도
그날의 허기가 가시지 않았네

아직 식지 않았네

• 山田 : 제주 4·3항쟁 당시 무장대 사령관 이덕구가 지휘하던 무장대 최후의 은거지.
  이덕구 산전이라고도 한다.

통점

햇살이 쟁쟁한 팔월 한낮
조천읍 선흘리 산 26번지 목시물굴에 들었다가
한 사나흘 족히 앓았습니다

들짐승조차 제 몸을 뒤집어야 할 만큼
좁디좁은 입구
키를 낮추고 몸을 비틀며
낮은 포복으로 엉금엉금 기어간 탓에 생긴
통점 때문만은 아니었습니다

그해 겨울
좁은 굴속의 한기寒氣보다 더 차가운 공포에
시퍼렇게 질리다 끝내 윤기 잃고 시들어 간
이 빠진 사기그릇 몇 점
녹슨 솥뚜껑과
시절 모르는 아이의 발에서 벗겨진 하얀 고무신

그 앞에서라면

당신도 아마

오랫동안

숨이 막혔을 것입니다

아무 말도 하지 못했을 것입니다

나처럼

사나흘 족히 앓아누웠을 것입니다

山田 가는 길

아래턱이 떨어져 나간 노루의 두개골을 주웠다
살도 뼈도 다 녹아 사라지고
두 갈래 뿔만 남은 얼굴이다

젊은 목숨이었을 게다
잘생긴 사내였을 게다
장딴지의 팽팽한 근육으로
이 숲을 바람처럼 날아다녔을 게다

그 겨울, 이 골짜기에 깃든 목숨들이 다만
젊은 노루뿐이었으랴

무자년에 찍힌 발자국을 따라 山田 가는 길
배낭 위에 고이 얹힌 뿔에 다시
뜨거운 피가 돌고 있다

자화상

—동짓달 스무사흗날 밤에 관하여

달빛도 없었다는데

만삭의 내 어머니
철모르는 뱃속 발길질에
눈물짓기 딱 좋은 어둠이었다는데

성 밖 오름 정수리 달구던 봉홧불 사그라지고
대숲에 성긴 바람도
숨죽이던 겨울 근처
섬은 납작하게 엎드려 있었다는데
어머니 배만
봉긋 솟아 있었다는데

뜨끈한 구들장 온기 위로
내가 툭 떨어져 탯줄 자르기 전
외할아버지는 곡괭이 들고
어머니의 작은 방

그 방바닥을 다 파헤쳤다는데

육군 대위였다는 육지것 내 아버지
그 씨가 미워서였다는데
배롱꽃처럼 고운
딸을 시집보내 얻은 세 칸 초가집의 평온
그게 부끄러워서였다는데
산에선 아직
돌아오지 못한 사내들이 많았다는데

저야 알 수 없지요
가을 억새 빈 대궁
깃발로 펄럭이고 죽창 시퍼렇던 밤
멀리 한라산 기슭,
초가집 활활 불타는 모습이 꼭
대보름 달집 태우는 듯했다는 시절
저야 살아본 적이 없으니까요

어머니 눈물짓기 딱 좋았던
동짓달 스무사흗날 밤
갓난아기는 울지 않았다는데
저야 모르는 일이지요

다만, 동짓달 까맣게 사위던 밤이었다는데

바람의 집

당신은 물었다
봄이 주춤 뒷걸음치는 이 바람 어디서 오는 거냐고

나는 대답하지 못했다

4월의 섬 바람은
수의 없이 죽은 사내들과
관에 묻히지 못한 아내들과
집으로 돌아가는 길을 잃은 아이의 울음 같은 것

밟고 선 땅 아래가 죽은 자의 무덤인 줄
봄맞이하러 온 당신은 몰랐겠으나
돌담 아래
제 몸의 피 다 쏟은 채
모가지 뚝뚝 부러진
동백꽃 주검을 당신은 보지 못했겠으나

섬은

오래전부터

통풍을 앓아온 환자처럼

살갗을 쓰다듬는 손길에도

화들짝 놀라 비명을 질러댔던 것

4월의 섬 바람은

뼛속으로 스며드는 게 아니라

뼛속에서 시작되는 것

그러므로

당신이 서 있는 자리가

바람의 집이었던 것

십자가 진 사내

십자가 진 사내를 알고 있다네
한 사내는 세상을 구원하러 다녀간 하느님의 아들
또 한 사내는 세상을 세상답게 만들고 싶었던 사람의 아들

가시면류관 대신
놋쇠 숟가락이 얹힌 심장
핏빛 선연한 채
관덕정 광장에 내걸린 주검
칠십 년 전 그 이름을 여전히 기억한다네

과일 두어 개에 막걸리 서너 병 챙겨 들고
그를 만나러 가는 길
북받친 밭 어디쯤, 유월 숲길에 들면
조릿대 숲을 흔드는 바람이거나
한라산 까마귀의 울음을 빌어
환청처럼 들리는 목소리 있네
애써 불러내지 않아도 먼저 다가오는

발자국 소리 들을 수 있네

녹슬어 숲의 풍경으로 남은 청동밥상 위에
툭툭 떨어진 때죽 꽃잎은 무심한데
퇴주잔을 나눠 음복하며 다시 생각하네

한 사내는 하늘로 떠오르고
한 사내는 태워져 바다로 흘러갔으니
이 땅에 남은 우리는 어디로 가야 하나

십자가에 매달린 사내를 알고 있다네
한때 이름을 부르는 일조차 허락되지 않았던
젊은 혁명가를 알고 있다네

각명비*

손으로 더듬어야 읽히는 점자책처럼
겨울 지나 봄이 오는 동안, 숲에선
아무 일도 없었다고 했다

꽃과 나무들이 대신
비명을 질렀고,
입 닫은 자들만이 그 소리를 들었다

통곡은 비와 바람의 몫
주검은 쫓는 자와 쫓기는 자 사이에서
오래도록 수습되지 못했다

섬이 초가지붕보다 더 납작 엎드려
숨죽인 시절
공포는 엄동의 한기처럼
때로는 팔월의 폭염처럼
얼다, 녹다, 짓무르다

더러 잊히고
더러 외면되었는데

4·3평화공원
각명비 위에
내려앉은 산까마귀 한 마리
검은 부리로 톡톡,
그 겨울의 이름들을
다시 새기고 있다

• 제주 4·3평화공원에 세워진 4·3 당시 희생자들의 이름이 새겨진 비석들. 동에서 서로 섬
  을 한 바퀴 돌며, 마을별로 배치되어 있다.

검은 돌에 새겨진 子, 혹은 女

살아 있었다면
큰형님뻘이었을
큰누님뻘이었을
아무개의 子, 혹은 女라고만 새겨진 위패 앞에서

겨울바람에 떨어져 누운
동백의 흰 눈동자를 떠올렸습니다

뼈와 살이 채 자라기도 전에
죽음의 연유도 모른 채 스러져
까마귀 모른 제삿날에도
술 한 잔 받아보지 못하며
애써 잊혀진 목숨들

거친오름의 그림자를 밀어낸 양지바른 터에
복수초 노란 빛깔보다 선연한
이름씨 하나씩 꼭꼭 심어주고 싶었습니다

이 섬에 피는 꽃과 바람들
곶자왈 숨골로 스미는 비와 태풍들
저 이름의 아이들로 다시
태어나게 하고 싶었습니다

도령마루

그대가 제주공항에 도착해서 신제주로 나가는 길이라면 한라산 방향 우측 능선에 소나무들이 곧게 허리를 뻗은 작은 숲을 볼 수 있을 것입니다 그곳은 예전에 도령마루라 불리었던 숲이었으나 이제는 섬사람들에게도 낯선 지명이 되어버렸습니다

학살터였던 그 숲에 들어 돗자리 위에 조촐한 제수를 진설하고
예순여섯 개의 잔에 한라산 소주를 꼭꼭 눌러 넘치도록 따라 올렸지요
이 영혼님네들께 술 한 잔 따라 드리는 데 육십여 년이 훌쩍 지났다는
유족의 한탄이 가슴 깊숙한 곳을 찔러 아프고 부끄러웠습니다
지방紙榜 대신 내건 검은 현수막 속의 이름들을 다시 불러내어 기억하고 싶습니다

강광웅 강예권 강창문 강창현 고봉소 고명미정 고순화 김귀행 김규만 김기진 김봉호 김상남 김순여 김옥이 김이영 김인식 김임규 김임봉 김진욱 김창식 김최훈 김치택 김형춘 김홍범 김홍부 김희임 문백년 박영신 박인택 박창률 박창오 백춘길 변승흡 부재숙 서순애 서옥용 서옥용의 처송대평 양달하 양영부 양상민의 딸 양정일 오동현 이문옥 이인성 이정생 이정생의딸 이청자 이희언 임창순 전기봉 전두생 전성규 전인택 정병종 정중집 정지윤 조월산 허창돈 허창홍 현국보 현맹봉 현상표 현영욱 현태화 홍월선

　그대 다시 제주에 오시는 길이거든 저 숲을 향해 가볍게 목례해주시길
　숲의 이름은 도령마루였다고 기억해주시길

무등이왓 팽나무

섬의 역사를 다시 배우려는 이들과
삼밭 구석에서 시 한 편 제문祭文처럼 읽고 돌아 나오는 길
유채꽃만 한 노랑나비 수백 마리가
팔랑팔랑 날아다녔다

그 길목에 증인처럼 서서
나이 드는 팽나무 한 그루
제 몸에서 난 것 아닌 생명들을
주름진 등걸에 잔뜩 껴안고 있다

그림 그리는 김영화는
저건 마삭, 그 옆에 으름, 송악, 그리고, 그리고
단 하나의 이름도 놓치지 않겠다는 듯
푸른 잎을 가진 생명들의 이름을 주르르 다 꿰고 있다

그해 어떤 이름들을 다 지워버린 일이 있었다
마을이 불타 사라지고

사람들은 돌아오지 못했으나

인적 끊긴 옛 마을 어귀에서
무등이왓 팽나무는
다시 태어나는 목숨들을
오롯이 제 품에 안고 있었던 것이다
그렇게 살아오고 있었던 것이다

꽃비 내리는 이 봄날에

세 살에 아비 잃은 소년은
아비보다 더 나이 든 사내가 되었습니다

유품이라고 남겨진
새끼손가락 같은 상아 도장 하나
그 세월 긴 인연을 벗겨내기에
한없이 가엽고 가벼우나
마침내 사내는
세월을 거슬러 돌아와
소년에게 미안하다 합니다

먼 길을 돌아 걸어온 순례의 끝
죽음의 그늘을 벗기는
꽃이 피고 봄이 오고
꽃비 내리는 이 봄날에
간절한 노래는 다시 시작되나

나는 아직도 당신과 작별하지 못했습니다

4월

아궁이에 불씨 피워본 지 오래인 채
겨울은 지나갔다
죽은 이름들은 애써 잊어야 했고
눈물 흘리는 일조차 위험하였다

아이들은 제사상에 술 올리는 법도를 먼저 배우며
어른이 되어갔다
뼛골 시린 봄추위에 대해
아무 말도 할 수 없었다

동백은 누명보다 더 붉게 피었다 졌지만
불온한 색이었으므로
눈길 주는 이 없었고
공회당 옆 팽나무는 가끔
새순 밀어 올리는 일조차
잊어버리는 눈치였다

봄바다

붉은 동백꽃만 보면 멀미하듯
제주 사람들에겐 4월이면 도지는 병이 있지
시원하게 비명 한번 지르지 못하고
생손 앓듯 속으로만 감추고 삭혀온 통증이 있어

그날 이후
다시 묵직한 슬픔 하나 심장에 얹혀
먹는 둥 마는 둥
때를 놓친 한술의 밥이 자꾸 체하는 거라
시간이 그리 흘렀어도
깊고 푸르고, 오늘처럼 맑은 물빛 없으니
한걸음에 내달려 보러 오라고 너에게 기별하던 봄바다만
보면
요즘은 별나게 가슴 쿵쿵 뛰고
숨이 턱턱 막혀올 때가 있는 거라
세상에서 가장 큰 무덤인 듯
바라보는 것만으로 죄짓는 기분일 줄이야 누가 알았겠나

저 바다 여는 길을 낼 수만 있다면
어미들은 기꺼이 열 개의 손톱을 공양했을 거라

백 년 넘은 산지등대 가는 오르막길
제주항이 내려다보이는 그쯤에 멈춰 서서
아이들의 이름을 가만히 불러본다네
누가 애써 씨 뿌리지 않았어도
비탈진 언덕 곳곳에 돌아온 봄꽃, 노란 유채꽃

아이들아, 나오너라
저 꽃무더기 서너 줌 따다가 한 솥 가득 꽃밥이나 지어
먹게
도란도란 둘러앉은 저녁 밥상 받아놓고
부웅부웅 안개길 헤쳐 돌아오는
무적霧笛 소리나 같이 듣게

제
2
부
───

폭설

창 밖
동백나무 숲에서
어치 한 쌍 재재거린다

폭설 속에서
가장 난폭한 짐승은
잔뜩 몸을 웅크리고 있는 아침

저 순한 것들의
날갯짓이 눈부시다

풍경이 울다

북촌 한옥마을에 하룻밤 묵는데
처마 밑 풍경이 밤 깊도록 운다
그 울음을 안아다 머리맡에 누이고
내가 뒤척이는지 네가 징징거리는지
잠은 달아나고, 밤새
서럽고 원망스러운 하소연이나 조곤조곤 나눌까
객짓밥 십 년이면 한 끼 허기쯤 견뎌낼 수 있지만
떠나온 곳이 어딘지 기억이 나질 않아

고향으로 돌아가지 못해서 슬픈
푸른 물고기들이 헤엄치는데
저 울음들을 버려두고
다시 섬으로 돌아갈 수 있을지
밤새 뒤척이며 잠을 설친 그 밤

꽃잠

고비를 건너온 풍장의 먼지들이
다시 생명을 키워내는 봄날 오후
꽃구경 나왔다가
꽃에 취한 사내가
벚나무 아래 잠들어 있다
겨울 외투를 미처 벗지 못한
사내의 뺨과 어깨에 사뿐
내려앉는 꽃잎
그래, 한 생이 잠시
꽃잎처럼 가벼워져도 좋으리라

꽃그늘 아래
깊은 잠과
창백한 안색
봄 햇살은 오래도록 멈춰 서서
사내의 몸을 덥히고 있다

꿈 하나가 자꾸 몸을 뒤척이며

화르르 화르르

다시 피어나고 있다

따뜻한 집

바람 좋아서 다행이네

하늘로 기둥 하나 세워 올리기에 적당한 날이군

하얀 대리석 지붕보다

저 숲 그늘 아래 방 한 칸 내면 되겠다

울타리 없으면 더 좋겠지

아침 첫 햇살이 드나들다 제 풀에 무료해지는 정오쯤엔

같이 껴안고 낮잠이라도 즐겨봐

숲에 소나기 쏟아지고

산 그림자 길게 누운 저녁 무렵

남쪽 창문만 조금 열어둬

소주 두어 병에

한치 서너 마리 회 쳐서 들고 올 테니

외출하지 말고 꼭 집에 붙어 있으라고

남향집 작은 방 한 칸 갖는 게 소원이라더니

입주 소감은 그때 듣지 뭐

노을 붉어서 다행이네

오늘 밤이 쌀쌀하진 않겠어
이 집으로 오는 길목에
산수국 무더기로 피어
보랏빛 속살 활짝 열어 흔들리던데
이제부턴 가끔 꽃도 보면서 살아
가만히 들여다보면, 거기
눈썹 적시는 이슬 두어 방울
지상의 안부 같은 것이니 그저 그런가 여기고

자네 집, 양지공원*
이름처럼 늘 따뜻할 테니
자주 놀러 올게
자네 사는 세상 궁금한 이야기 들으러 올게

* 양지공원 : 제주시립 화장장

수화식당

오래전 삼돌이네 집이 사라지더니
입춘굿 한마당 벌어질 때마다
시끌벅적하던 수화식당도 끝내 문이 닫혔다
노부부가 투박한 손길로 토렴해주던
순댓국밥 뜨끈한 국물
다시는 맛볼 수 없을 베지근한 이야기와
낄낄거리며 봄맞이하던 온기, 이제 어디서 찾아야 하나

감칠맛 나는 사람들 하나둘 떠나가는 세월과는, 또
어떻게 잘 헤어져야 하나
오래전 골목에 들기 전엔 미리
각오해야 할 일이다

희미해지는 추억이 걸친 자국들은
마음 어딘가에 깊게 고여 있을 터이니
그 쓸쓸함을 찾아 잠시 허둥대도 좋을 일이다

입춘의 골목길을
꽃보다 먼저 다녀간 이름들, 기억들

이 봄날, 그리운 이들을 어디 가서 만나야 하나
어디에 모여 두런두런 이야기꽃을 피우고 있나

백양사 가는 길

장성호를 지나
약수리 차부 앞, 호수식당 주인 할머니
한 줌 겨울 볕에 들떠 소란스러운 앞마당에 물 끼얹는 것
을 보았네
지나던 내 발자국이 물에 젖어 잠잠해졌네

목숨 있는 것들 모두, 아침저녁으로 법당에 나가 참배라
도 하는 것인지
수백 살 갈참나무며 섬을 떠나 수목한계선까지 다다른 비
자나무들
머리 조아리고 있었네

바싹 여윈 시냇가를 따라 걷다가
호수를 지척에 두고도 목말라하는 갈숲의 이야기를 들
었네
저 시냇가 물비늘 무성한 여름밤
등목하며 깔깔대던 고운 누이들 이제 다 떠나고 없는 사

연과

　약수마을 사거리, 공약방네 둘째 딸 벚꽃 그늘에 숨어
　이웃 마을 대학생과 용맹정진하던 연애 이야기도 들으며
　절 마당까지 꼭 십리 길을 걸어갔네

　나도 오래전 수몰 지구를 떠나온 생이었던 것만 같아서
　물에 잠긴 마을의 지붕 위로 올라가
　홰를 치며 사람들을 깨우고 싶었네
　밥 짓는 연기 새벽 물안개처럼 퍼져가는 것을 보고 싶었네

　대웅전 부처에게 다녀간다는 눈인사만 건네고 돌아 나
오다
　빈 도시락을 짤랑거리며 호수 속 마을로 뛰어가는
　소녀를 보았네

　십리 길 달음박질, 소녀의 발자국을 꽃잎이 날려 지우네
　함박함박 목화송이 같은 첫눈이었네

산사 풍경

저물던 가을 햇살 한 줌
잠시 멈추어 선
절 마당 한 모퉁이
알밤 몇 알 구르다
기어코
목탁 소리 낸다

스님들은 죄다
좌선에 들고
선방 창호문 밖으로 이따금
죽비 소리 푸르게 새어 나왔다

요사채 툇마루에서
저녁 공양 기다리던 동자승 긴 목은
고운 이마에 내려앉은 햇살이 무거워
자꾸만 앞으로 기울어지고

산문에 비낀
가을을 따라온 사내
아는 경문이라고는
나무아미타불뿐이라
부끄러워 머뭇거리는데

일주문 밖에서 서성거리던
억새꽃 몇 무더기
먼저 절 마당에 들어
조용히
오체투지 중이다

정선

길은 멀기도 해서
몇 굽이의 산허리를 휘감고 돌았는지 도무지 헤아릴 수
없어
살짝 멀미가 나는 몸을 잠깐 부려놓은 버스정류장에서
담배 연기로 시장기를 달래며
천리나 된다는 말이 마침내 체감되던

거기서 만난 사내들은 모두 우직하기가 태백산 줄기 같아
말은 통하되, 속내는 곰곰 되새겨봐야 하는
이국의 풍경이 펼쳐지는데
오일장터에서 만난 누이들은 모두
싱겁지도 짜지도 않은 수수부꾸미 같은
슴슴한 웃음을 흘리는지

그곳에도 막다른 길은 있어
끝내 돌아설 발걸음 생각하면
산짐승도 잠을 설쳤을 그 밤

아라리요가 왜 동강보다 유장하게 흘렀는지 겨우 알 것만
같은

여기가 내가 몰랐던 세상의 끝일지라도
하룻밤쯤은 걱정 근심 다 내려놓아도 좋을
첩첩산중 깊은 골짜기에서
긴 그림자 둘

바이칼 1

푸른 호수 위 초승달
몽골리안 무당 등 뒤, 붉은 노을

가만히 눈을 감고
평화니 사랑이니 화해니 이런 거창한 것 말고
사소하고 보잘것없는
아주 개인적인
오랫동안 마음에만 담아두었던
그런 소원 하나쯤 빌어도 좋을

그 정도면 충분할 것 같은
나머지는
헤아려 알아들을 것 같은

바이칼 2

시베리아 대초원 녹색
멀고 먼 길 황토색
그 숲 자작나무 흰색

섬 그림자 푸른색
끝이 보이지 않는 호수는
좀 더 짙은 푸른색

갈매기 날갯짓 일 획 보태어 완성된
큰 그림 앞에서
키 큰 시인은 먹먹해져서 호수 앞 벼랑 위에 털썩 눕고

나는 그저
당신 손을 잡은 채
아무 말도 못 하고

그 남자

—김영갑 갤러리 '두모악'에서

4B 연필로
힘겹게 그린 사내의 글씨를 가끔 꺼내 본다

앞마당 감나무가 제 주인처럼
몸을 가벼이 비워내고
몇 장 남지 않은 붉은 이파리조차 힘겨워 떨구는 늦가을
오후
찻물이 끓는 난롯가 의자에 앉아 나눈 짧은 대화

책을 좀 받쳐주시겠습니까
책갈피를 넘길 힘조차 이제 남지 않아서
만년필이나 사인펜보다 심이 굵은 4B 연필로 서명하는 게
더 편하네요
그나저나
남의 이름을 이렇게 삐뚤거리게 써서 어쩌지요
아니, 아니 제가 더 죄송하지요
서명을 받지 않아도 되는데 번거롭게 해드려 제가 더 미안

하지요

봄이 오면 다시 셔터를 누르겠다던
마지막 한 컷 남기겠다던 충청도 사내 떠난 지 십 년

문득 하늬바람 속에 순장된
사내의 목소리가 떠오르는 날이면
4B 연필 한 자루 챙겨 들고
두모악에 간다
제주 바람을 만나러 간다

레시피

명색이 시인인 애비에게
번뜩이는 시상 떠오르거든 잊기 전에 적어놓으라고
따뜻하고 좋은 시 많이 쓰라고
몇 해 전 생일에 딸아이가 선물해준 작은 수첩을
두어 계절이 지나고 들췄더니

국간장 한 큰술, 진간장 한 큰술, 맛술은 반 컵, 대파는
삼등분하여 길게 썰고
물에 불려놓은 표고버섯 다섯 개쯤
한소끔 끓으면 불을 줄이고 은근히,
다시마는 맨 마지막에 넣었다가 1분 후에 건져낸다
그 후에 물로 적당히 희석하면 만능 간장이 된다,라고 메
모되어 있다

어떤 맛과도 불화하지 않고
한 큰술만 넣으면 세상이 따뜻하고 감칠맛 나는
그런 시에는 어떤 재료가 들어가야 하나

짜지도 싱겁지도 않고
너무 달달하거나 맵지도 않은
시의 레시피에는

거룩한 식사

머리칼과 얼굴에 튄 몇 점의 페인트 자국을 미처 닦아내지
못한
광대뼈 도드라진 사내가
식탁 위에 차려진 팔천 원짜리 수육백반과 소주 한 병과
마주 앉아 있다

숟가락을 들기 전에
두 손바닥을 몇 번 비빈 사내는
맥주잔에 투명한 한라산소주를 콸콸 따라 가득 채우곤
단숨에 들이켰다
신음도 미동도 없이
손등으로 입술을 스윽 훔치고는
두 장을 포갠 상추 위에 밥 한 술 올리고
돼지 수육에 마늘과 쌈장까지 얹은 정성스러운 한 쌈을
우직하게
오래오래 씹어 삼켰다

때아닌 가을비 내려
일당의 반이 사라진 반대가리의 날
이런 날일수록 끼니라도 거르지 말아야 한다던
산지항과 사라봉 사이
단물식당에서 우연히 만난
페인트공 사내의 이른 저녁 식사

맞다 한 숟갈 밥이라도 저렇게 치열하게 씹어야 한다
되새김질하듯 천천히 음미해야 한다
누군가의 한 끼를 우연히 지켜보다
없던 입맛이 돌아와 덩달아 씩씩하게 밥그릇을 비운 날

묘지산책

정오의 햇살이
푸른 억새 잎 위에서 튕겨
방향을 잃고
그 햇살을 쫓는 바람은 스산한,

해안동 공원묘지에
슬픔이 채 가라앉지 않아
얼굴이 부석부석한
집 한 채 새로 들었다

일찍 밀봉된 한 사내의 생을 서술하는 듯
반은 비워져 뚜껑이 닫힌
투명한 소주병에
붉게 번지는 팔월 노을

제
3
부

생명

아들이 아버지가 된다며 전화를 걸어왔다
아주 잠깐,
천지간이 기우뚱거렸다

폭설에 묻힌 산허리 어디쯤에
꼼지락거리는
복수초 꽃잎 한 점
꽁꽁 언 땅을 가만히 녹이고 있었으리

햇살 톡톡 터트리며 오시는 봄을 따라온
새 생명의 이름
너의 이름을 무엇이라 부르면 좋을까

원준에게

손과 발을 새로 얻었습니다
콩닥거리는 작은 심장도 하나 더 생겼습니다

아비 떠난 후, 홀로 남겨진 섬에서
소리 없는 너울에 밀린 몸처럼 가끔씩 기우뚱거리던
세상의 중심이 한순간에 잡혔습니다

시공의 경계를 단숨에 건너
이제 막 돌아온 작은 생명 하나로
마침내 한 家系가 완성되었습니다

이만하면 되었다 싶습니다

오동나무 집 한 채

평생 가난해서였다는데
꼭 그런 이유만은 아니었을 것이다
넓은 어깨, 무늬 좋은 나이테가 촘촘한
육신을 지니고도
정작 당신을 위해선 앉은뱅이책상 하나 장만하지 않았던
사내
목청 올리지 않고 산 세월을 남기고
끝내 돌아선 밤
곡哭 없는 새벽 3시의 영안실엔 아직
촛불조차 켜지지 않았는데

단단했던 근육을 스스로 허물고
깊은 잠에 빠진 당신을 위한
마지막 선물

단 한 번도 가져보지 못했을
마지막 거처

오동나무 집 한 채 고르는 밤

응급실 신호등

중앙병원 응급실
접수대 모서리에 신호등이 점멸 중이다

젊은 레지던트 사내
범칙금 통지서를 교부하듯
차트마다
붉은 혹은 노란 딱지를 붙이며 지나가고 있다

붉게 혹은 노오랗게 지시되는
저 통증의 색깔들 속에서
목숨들은 모두
점멸 중인 신호등 아래 한 발씩 내딛고 있는데
수액을 몸속에 흘려 넣으며 잠이 든 아내는
그저 몸살 중인 푸른색 환자

나직하게 호명되는 이름들이
신호등 불빛 따라

응급실의 한낮을 건너고 있다

교차로가 아닌 길 위에도
나를 기다리는 신호등이 있어
생은 늘
붉은 신호등 아래
무단횡단

아버지

이제 놓아줄 때가 되었다
그만 미워해라
곰곰 생각해보면 아들이 자라 아버지가 되고
자손들 오뉴월 버드나무 가지처럼 뻗어가는 기쁨을
다 누려보지 못했으니 불쌍한 양반 아니냐
겨우 세 살 먹은 너를 두고
요절한 네 아비는 또 얼마나 안타까웠을까

미워한 적은 없었지만 원망은 몇 번 했고
살아오는 동안 가끔씩 그리웠을 뿐이라고
그렇게 얘기하면 착한 아들은 될 수 있을지 모르지만
사진 한 장 남겨놓지 않은 당신 때문에
삶과 불화한 세월이 길었다

내 몸에 깃든 사소한 버릇까지 죄다 당신을 닮았다는데
이제 나를 미워하는 일을 그만둘 때가 되었다

여름 이후

남아 있는 생이 무겁다는 생각이 들었다
용서받고 싶은 일들이 하나둘 떠오르고
뱉어내는 말보다 주워 삼키는 말들이 많아졌다

삶이 낡았다는 생각이 들자 내 몸에 새겨진 흉터가
몇 개인지 세어보는 일이 잦아졌다
반성할 기억들의 목록이었다

뼈에 든 바람이 웅웅거리는 소리가 두려웠고
계절이 몇 차례 지나도록 아직 이겨내지 못했다

사소한 서러움 같은 것이 자꾸 눈에 밟히지만
아무에게도 하소연하지 못했다

바싹 여윈
등뼈가 아름다웠던 사랑이 떠난
여름 이후

당부

괴나리봇짐처럼 툭, 던져진
천덕꾸러기

수십 년 눈칫밥이야 기꺼이 참아낼 수 있었다지만
내겐 허락되지 않았던 아버지라는 단어와
그와 엮인 문장들을 지어낼 수 없어 두려웠던 시간들
끝내 채워지지 않는 허기 탓이었는지
오래전 네가 내게로 왔을 때부터
지금까지
나는 늘 서툴고 허둥대는 아버지였던 것이다

아버지가 아들이 되고
아들이 아버지가 되며
생각할수록 참 고마운 한 가계가 마침내 완성되었으므로

너는 절대 그 자리에서 물러서지 말아라
아버지로 시작되는 문장을 결코 잊어버리지 말아라

아버지와, 아버지의 아버지에 대해
오래 묵힌 슬픔에 대해
너에게 처음 털어놓는 고백 같은 것이다

아버지가 된 아들에게 들려주는
옛이야기 같은 것이다

해후

한 아버지를 가졌으나 어머니가 다른 두 사내가
백 미터 전부터 한눈에 서로를 알아봤다

경주군 강동면 단구리 버스정류장
고작 서른 몇 살에 세상 뜬 아버지를 둔, 가여운 사내 둘
이 손을 맞잡고
아무 말도 하지 못한 채 서로의 얼굴만을 뚫어지게 바라
다보는데
너무나 닮아, 차라리 무서우리만큼 빼다 박아
다른 어머니 몸을 빌려 태어난 내력도
서로 못 보고 살아온 수십 년 세월도 단숨에 비껴가는 것
이었다

안부랄 것이 무엇이 있겠는가
그저 이리 몸성히 잘 지내고 있었으면 된 거지
이렇게 만날 수 있어서 고마운 거지
중년 사내 둘이 움켜쥔 손을 놓지 않은 채

어색하게 걸어가는 동안

하이고야 우예 이리 닮았노
피가 무섭긴 무서운기라
이웃들, 일가붙이들 하나둘 달려 나와
종택宗宅으로 가는 골목길이 소란스러워지는데

두 몸에 스며든
연민의 뿌리까지 빼다 박은 형제가
자꾸만 발걸음을 멈추고 서로를 바라보고 있다

10월

이 좋은 햇볕 그냥 보내면 죄짓는 거다
어렸을 적 외할머니가 하신 말씀

뒤란 장독대 반짝거리게 닦아놓고도 햇살은 남아
누렇게 변색된 격자 창호문에 새 창호지 바르는 날
밀가루 풀을 몰래 손가락으로 찍어 먹다 혼나던 날
긴 겨울밤을 위해 문풍지를 길게 남겨둬야 하는 이유를 알
게 된 날

흰 창호문은 결 좋은 햇살에 말라가고
첫눈이 내리려면 몇 밤이 남았는지 헤아리듯
손가락으로 톡톡 퉁기면
동동 작은 북소리 울리던 날

아무것도 한 일 없어 죄짓다 말고
문득,
당신 생각에 눈시울 붉어지는 오늘 같은 날

비양도

하귀에서 애월까지 구비진 길을 지나
하얀 이 드러낸 어부의 웃음이
생선 비늘처럼 활짝 날리는
한림항도 지나
가슴 찔리기 좋은 각도에 멈춰 선 노을 앞에서
그대를 바라본다

만날 수 없어서 더 애틋한
사랑 하나쯤 있어도 좋겠지

평생 그리워만 해도 좋을
그런 섬 하나쯤 남겨두어도 좋겠지

손을 뻗어도 잡히지 않고
끝내 다다르지 못해도 좋은
촉수 낮은 등불이 하나둘 켜질 때까지
지켜보다 그냥 돌아서도 좋은

고작 열흘

나 없어도 혼자 지낼 수 있겠어
그럼, 혼자도 잘 지낼 수 있지
큰소리 뻥뻥 쳤었다
있는 반찬에 밥은 밥솥이 할 테고
그도 싫증나면 사 먹고 들어오면 되는데
그게 뭐 대수겠어

고작 열흘, 아내가 집을 비운 사이
그 호언장담이 무색하게
무덤덤하게라도 맞아주는 이 없는 캄캄한 방이 싫어
출근길에 미리 전등을 켜놓았다는 사실을
당신이 돌아온 지 한참이 지났는데도 아직 고백하지 못
했다

술 마시지 말고 일찍 들어오라면 일찍 귀가하고
장보기에 크고 작은 심부름도 군말 없이 다 들어주니
뒤늦게 철들었나 싶겠지만

꼭 그런 것만은 아니다

열흘이 아니라 백일, 끝내는 아주 영원히
먼저 집을 비우게 된 후 남겨질
사랑에 대해
두려움을 조금씩 덜어내는 중이다

재회

각각 일행이 있는 한 사내와 여자가
모리화라는 밥집 식탁에 각각 자리 잡아 음식을 주문했다
사내는 보리비빔밥에 고추장을 너무 풀어 넣어 목이 막혔
지만
건너편 식탁의 여자는 가만가만
들깨수제비를 입에 떠 넣었다

식사를 끝내고
먼저 일어서는 여자와
딱 한 번, 눈길을 마주친 사내
첫사랑은 뒤따라가지 않는 거라던
오래된 충고가 떠올라
끝내 인사를 나누지 못했다

달달하고 애틋했던 것인지
맵고 얼얼했던 것인지
지나간 시간에 관한

기억이 휘청거리는 오후

봄 벚꽃
아무 일도 없었다는 듯
피고 지던 그날

가을 안부

비가 내려 며칠 동안 씻지 않은 얼굴이 말끔해졌다
길게 자란 수염을 자르고 싶지만 조금 더 게을러져도 좋
은 계절이다
하늘도 바람도 모두 투명해지는 시간
시작만 해놓고 마무리 짓지 못한 채 덮어놓은
연애소설의 중간쯤이나 될까
지난여름의 화염을
조금만 더 그리워해도 좋은 계절이다,라고 생각한다
후드득 떨어지는 것들에는 눈길을 주지 않으리라 생각
한다

몇 점 눈송이가 데리고 올 겨울을 떠올리며
첫눈 온다고 주고받을 안부를 미리 연습한다

미안하다 그대를 잊어서
미안하다 그대를 잊지 못해서

애써 밑줄을 긋지 않아도 평생 기억하는 문장이 있다

애월

여긴
사랑을 고백하기 좋은 장소가 아니야
다녀간 열에 다섯은 약속을 지키지 못했다는 소문이 들려

헤어진 이들이 뱉어낸 탄식이 쌓여 더 푸르러진
그 바다를 바라보며 지금 뉘우치고 있는 중

긴 머리 풀어헤친 채 둥둥, 겨울 파도 위에 떠오른
여인을 기억해
구급차는 경적을 죽인 채 응답 없는 신호만 바다로 보내
고 있었지
달빛이 자꾸 손에서 빠져나가 잡히지 않자
스스로 달이 되려 했다는데 그건 그냥 소문일지도 몰라

포구는 배를 띄워본 지 오래,
작은 배 몇 척 눈물 같은 실금으로 몸이 갈라지고 있어
사랑은 그렇게 낡아가고

모든 약속도 끝내는 금이 가지

절벽은 죽은 이들을 위한 처소
그러니 나 없이 돌아온 당신은
이 바다 위에 뜬 달빛을 붙잡으려 하지 말아

애월은,
애월 바다는 그냥 담담하게 바라만 봐
부디 이 깊고 푸른 물빛에 마음 뺏기지 마

사랑이여, 안녕

이것은 흐린 날의 이야기다
수국이 활짝 폈다는 소식이 들려온 날
잘 지낼 것이라는 다짐만 나누고 떠나온 날의 기억이다

헤어지면서 손을 한번 잡았는지 기억이 나지 않지만
돌아오는 길이 어두워져서 다행이다, 라고 생각했다

어둔 방에 숨어들어 깊게 금 간 심장을 꺼내
한 땀 한 땀 기워내던 밤
상처가 아무는 데 십 년쯤 걸리겠지만
아무렇지도 않은 듯 얼굴을 씻었다

이제 입과 귀를 닫아
어떻게 만나고 헤어졌는지를
다시 얘기하지 않을 것이다

그림자가 길어지는 계절이므로

이 정도는 헤아려주리라 생각할 뿐
그러므로 예의 바른 사랑이여 안녕
십 년 후에도 안녕

제
4
부

포구, 강정江汀

노을을 등에 지고 돌아오는 배도 보이지 않고
천 촉 집어등 대낮처럼 밝히고 엔진 웅웅거리는 출항의 기
미도 없네
배들은 다만
포구에 단단하게 결박된 채
밀물에도 미동하지 않네

빈 소주병을 굴리다 제 부릿짓에 놀라 허공으로 날아오
르는
허기진 괭이갈매기 몇
어촌계 창고 옆 빈 주낙 상자들이
소금기 먹은 해풍의 무게를 견디지 못하고 무너져 있네

폭풍의 예보도 없이
바다도 배도 그대로인데
어부들만 어디론가 사라졌네
수상한 침묵을 배경으로 이상한 징후들만 그려진 풍경화

속엔
　원근법도 사라져 보이지 않네

　서귀포는 남쪽 바다에 있고
　강정은 그 바다와 맞닿아 있네
　먼 수평선을 한 땀씩 기워내던 푸른 집어등은 더 이상
　켜지지 않을지도 모른다네

구럼비 가는 길

물빛 깊어진 다리를 지나며
눈이 짓무른다.
형형색색의 언어들이 흔들리는 골목길을 따라
무거운 경계, 보이지 않는 장벽 너머
너에게로 간다

통점을 되짚어보는 겨울 바닷가
피할 수 없는 절망과의 대면이거나
참을 수 없는 분노와 적의를 잠깐 멈추고
상처투성이 제 몸을 혀로 핥고 있는
철망 너머 넓적바위를
겨울 햇살이 물보라처럼 날아와 보듬어 안고 있다

멀구나
말 없는 평화
슬프구나
외면당한 얼굴

눈부시구나
말없이 슬퍼서 더 슬픈 이름

구럼비 찢긴 몸에서
다시 새살이 돋아나기 전까진
너의 슬픔에 대해 안부를 묻지 않기로 한다
나의 불안에 대해 침묵하기로 한다

다만 짐승처럼 웅크린 채 고착된
풍경의 일부가 되기로 한다

대설주의보

종일 바람이었다
까치밥 하나 남기지 않은 감나무
잠시 앉았다 일어서는 바람의 무게만으로도
흔들리고 휘어지던 빈 가지들이 먼저
우드득거리며 허기진 몸을 곧추세우는 시간

간드락삼거리 골목길
집집마다 촉수 낮은 온기를 나누어 줄 전선들이
나지막이 웅웅거렸다
바람도
이 저녁엔 귀가를 서두르고 싶었던 것일까

아직 가로등이 켜지지 않은 골목길들이
조금씩 밝아지며
풍경들이 따스해지기 시작했다
순간,
아주 가벼운 것들이

서두르지 않고
지상으로 가만가만 내려앉았다

허기에 흔들리던 감나무 빈 가지 위에도
어린싹들이 하나씩
돋아나기 시작했다

폭설의 한계중량

항구로 가는 길목
과적검문소 앞에 밀감을 가득 실은 5톤 트럭 한 대
부르르 떨며 붙들려 있다
대설주의보에 닫혔던 바다 다시 열린 날
공일처럼 허비한 이틀의 몫을 조금이라도 벌충하려
얼어붙은 길을 뚫고 달려온 항구를 지척에 두고
먹고살자고 하는 일,
이 정도의 중량 초과도 못 봐주는 거냐는 사내의
분통이 폭설의 오후를 빗금 치며 도려내고 있다

한 장의 쪽지로 며칠의 노동이 차압당하는
세상은 여전히 허기지고
길은 쉽게 제 몸을 열어주려 하지 않는다
먹고사는 일의 한계중량은 도무지 어느 만큼일까

오늘 같은 날은 봐줘라
먹고사는 일에 지장이 없다면

한 번쯤 눈감아줘라

하늘에서 쏟아진 눈의 무게만으로도
지상은 이미 중량 초과다

붉은, 날들

해가 바뀌면 새 달력을 벽에 걸기 전에
글 모르는 외할머니를 대신해 밥값 해내는 날이 있었다

음력 날짜를 두 번 세 번 확인하며 붉은색 크레용으로 그
리는 동그라미
정월초하루서부터 섣달그믐까지
명절 두 번, 제사 열여덟 번
곤궁한 살림이어도 건너뛰어서는 안 되는 날들을 챙기며
그 많은 날을 어떻게 잊지 않고 기억하는지
궁금하지도 않은 채
다만 돼지고기 산적에, 곤밥* 먹는 날이 좋았을 뿐이던
철부지가 자라

당신 세상 다녀간 섣달 스무아흐레
다시 붉은 동그라미 하나 그려 넣은
새 달력 내걸고 첫 장을 넘기는데

검은 제주 돌담 사진 위에
소복소복 눈이 내려앉는 소리 들린다
나이 들며 가끔 눈물 나는 날들이 있다

* 흰쌀밥을 이르는 제주어로 '고운밥'의 준말.

레퀴엠

바다가 그의 묘지가 되었으므로
파도는 묘비명처럼 시시 때때로 울컥울컥 읽힐 것이다
높낮이 없는 생이 휘휘 돌아가는
등 굽은 길들을 만날 때마다 더러더러 또 슬프고, 또 슬플
것이다

허리 꼿꼿했던 그가
수직으로, 때로 수평으로 흔들리며
등부표로 떠오르는 바다
나보다 먼저 와 우는 바람을 등에 업고
천 축 집어등 눈부신 바다로부터 오는 저녁이여

거꾸로 읽고 싶은 생의 몇 날
썰물에 드러난 검은 바위들이
앙상한 등뼈처럼 말라갈 무렵
세상에 다녀간 흔적처럼
바람의 지문*도 찍혔다 지워지길 반복할 것이다

•故정군칠의 시 「바람의 지문」에서 빌리다.

바나나 혁명

촛불집회를 마치고 돌아오는 밤늦은 귀갓길
담배를 사기 위해 들른 단골 편의점 계산대 앞에서
코트 주머니에 둘둘 말린 종이 피켓을 보더니
스물을 갓 넘겼을 야간근무 청년이 알 듯 말 듯 미소를 보
낸다

시청 앞에 다녀오시나 봐요
아, 저도 꼭 참석하고 싶었는데 너무 아쉬워요
돌아오는 주말엔 꼭 참석할 생각이에요
잠깐만요, 선생님 이거 하나 드세요
제가 사서 드리고 싶어요

시급이 육천 원 남짓할 아르바이트 청년이
어쩌다 한 번씩 추억의 맛을 찾던 나를 기억하고
노란 바나나우유에 빨대까지 꽂아 쥐어준다

몇 번 마다한 내 손에 건네진 노란 우유 한 모금에

술이 확 깨어오는데
엉겁결에 건네받은 고단한 노동 앞에서
부끄럽고 고마웠던 밤
뜨거웠던 초겨울 그 밤

십일월의 詩

팔순 노모께 문안 전화 드렸더니, 오늘 광장에 나가느냐
끼니는 거르지 말고 날 추워지니 옷을 따숩게 입고 가라
하신다
거칠고 젖은 데 발을 딛지 말거라 신신당부하던 당신
오늘은 왜 그곳에 가는지 묻지 않는다

허물어진 나라를 다시 일으켜 세우는 일이
이렇게 즐거운 축제 같아도 되나
세기의 혁명에 한 방울의 피를 보태지 않아도 되나

마침내 광장엔 붉은 용암이 흘러넘치는데
모든 몸 하나 하나가 노래였고, 춤이었고, 큰 말씀이니
보태고 뺄 것도 없는
완벽한 한 줄 문장이었으니

나는 다만, 이 장엄함을 받아 적을 뿐
너무 아름다워서 두려운

십일월의 광장에서
백만의 몸 중 하나일 뿐

삼백 살 된

화산도에 내리는 비는
숭숭 구멍 뚫린 용암석을 지나
신생대의 지층으로 깊이 스며들었다가
다시, 섬의 중산간이나 바닷가 외진 구석에서
퐁퐁 솟아나는데
그 순환 주기가 삼백 년이라고 하네요

18세기에 내린
빗방울이 모여 지하 호수를 이루고
그 호수에서 두레박으로 길어 올린 한 바가지의 물

오늘 그대가 마신 한 병에 오백 원짜리 물은
자그마치 삼백 살짜리 명품인 거죠

카이, 카이, 카이_{khai, khai, khai}*

　불과 두어 달 전에

　베트남 중부 빈딘성 작은 마을에서 있었던 이야기를 들려
드리려 합니다

　한국인 참배객을 태운 버스가 쯔엉탄 학살 위령관을 떠나
려는 순간

　3킬로를 자전거로 달려와 땀범벅이 된 한 사내가 다급히
버스를 막아서고는

　카이, 카이, 카이khai, khai, khai

　내 말 좀 들어달라고,

　나도 말 좀 하게 해달라고 소리쳤습니다.

　내가 태어난 지 사흘 만에 엄마, 누나, 할머니, 친척들이
방공호에서 다 죽었어요.

　왜 한국 사람들이 여기까지 오고도 우리 마을에는 안 오
는지 너무 억울해서 왔어요.

　우리 마을에는 아직 위령비도 없어요.

　여기처럼 위령비라도 있으면 한국인들이 찾아올 텐데

우리 엄마도, 내 누이도, 억울하잖아요.

우리 가족 무덤에도 한국인들이 향香을 한번 피워주세요.

당신들의 나라가 앗아간 엄마의 이름을 한 번만이라도 부르고 기억해주세요.

쯔엉탄 아랫마을 깟홍사 미룡촌에서 태어난 판 딘 란Phan Dinh Lanh

떨리는 목소리로 태어난 지 사흘 만에

호랑이 표식을 단 남한 병사에게 어미 잃은 사연을 얘기하는데

꼬박 오십 년이 걸린 거였습니다.

미안하다 미안하다라는 사죄의 말조차 감히 건네지 못하고 돌아오는 버스 안이

처연한 눈물과 탄식으로 가득 차오르는 동안

어떤 이는 제주의 4월을 다시 떠올리고

어떤 이는 맹골수도의 찬 바다에서 아직도 돌아오지 못한

아이들을 기억하며

카이, 카이, 카이khai, khai, khai
내 말 좀 들어달라고
카이, 카이, 카이khai, khai, khai
나도 말 좀 하게 해달라고

• 카이(Khai)는 베트남어로 '증언하겠다' 혹은 '진술하겠다'라는 뜻이다.

눈과 손

그대는 앞을 보지 못하고
나는 앞을 보지만 그 세월 너머를 보지 못하고

그대는 맑은 얼굴로 천진하게 웃지만
바라보는 나는 그냥 뭉클해지고

눈을 잃고서
열 개의 눈이 다시 몸에 돋아난 사내의 손을 마주 잡아본
적 있나
손바닥으로 건네지는 감촉만으로 오래전에 만난 사람도
기억해내는
낯선 언어를 다만 따뜻한 체온만으로 충분히 알아듣는
그런 사내를 만나본 적이 있나

수류탄에 몸이 찢긴 어미 옆에서
울다 울다 지친 어린 눈동자에 화약 스며들었던 그날 이후
가난한 마을이 키워낸 아이 도안 응이아*여

기억한다는 것은 그런 것이지
소망한다는 것은 바로 너의 손바닥 같은 것이야

나도 그대처럼 먼 곳까지 바라볼 수 있는 눈을 가지고 싶
었네
말없이 마주 잡은 손
촉촉한 그 감촉만으로도 세상의 마음을 읽어내는
천수관음의 손바닥을 가지고 싶었네

*중부 베트남 꽝아이성 빈호아 마을에 가면 한국군에 어머니를 잃고 마을 아낙들이 젖
부조를 하며 키워낸 그를 만날 수 있다. 시력을 잃은 대신 손으로 한 번 만난 사람을 기
억해내는 감각을 키웠다.

씬 로이*

호치민 전쟁중적박물관에서 만난

고엽제 피해자들의 아이들

눈을 마주칠 수도

덥석 손을 잡고 반갑다고 인사를 할 수도 없다

눈이 없이 태어나고

손과 발이 자라다 멈춰

얼굴과 몸통만 있는 아이들

하지만 미소는 얼굴로만 짓는 게 아니라는 듯 온몸으로

웃어주는데

하느님은 뭘 하나 뺏어 가면

다른 것으로 보상해줄 줄 아시는지

철 지난 크리스마스 캐롤을 들려주는

고운 목소리들이 남았다

공연장을 빠져나와

박물관 뒷마당에 새로 문을 연 커피숍에서

찬 아메리카노 한 잔으로 뜨거움을 식히는데
나이지리아에서 온 젊은 부부와 어린 딸아이와
큰 눈을 마주치고 오랫동안 배시시 웃어주었다

박물관 안에 눈이 없는 아이
박물관 밖에 눈이 맑은 아이

슬픔의 얼굴은 왜 이리 맑은 것인지

슬픔이여 씬 로이
베트남이여 씬 로이

* 베트남어로 미안하다는 뜻이다.

팜 티 호아

호이안 하미 마을*에서
당신을 만났다
군인들이 던진 수류탄에 두 다리 잘려나가고
군인들이 쏜 총탄에 가족들을 잃었다

그 아침, 마을을 떠나 있어 화를 면했던 큰아들조차
전쟁이 끝난 뒤 논에 나갔다가 밟은 지뢰에
두 눈을 잃었다

다시는 전쟁이 없어야 한다고
다시는 죽고 죽이는 일이 없어야 한다고
그 군인의 나라에서 온 이방인의 두 손을
꼭 잡아주던 팜 티 호아 당신과 꼭 닮은 이,
제주섬에도 있었다

선인장 피는 바다
흰 무명천으로 감싼 얼굴과

잘린 발목이 겹쳐져 마침내,

하나가 되는 얼굴

당신을 이미 만난 적이 있다

아주 오래전에 만난 적이 있다

*베트남 중부 지역의 古都. 최근 관광지로 각광을 받고 있으나, 베트남전 당시 한국군 주
요 작전 지역의 하나였다.

木碑가 서 있는 숲

구찌터널* 가는 길
쟁쟁한 한낮 햇살 속에
발길을 붙잡는
그림자 있다

사람의 몸이었다면 무릎 아래
혈관 툭툭 불거지는 종아리 근처가 모조리
작두날로 베어진 고무나무 숲

아직 소년의 티를 채 벗지 못한
깡마른 사내 서넛
제각각 담배를 입에 물고
생살 찢긴 상처에서 번지는 피를
한 방울이라도 흘릴세라
허리 깊게 굽혀 조심조심 닦아내고 있다
직립으로 뿌리내린
장엄한 묘비의 숲

악착같이 살아서, 죽어간 모든 것들의 생몰년대기를
제 몸에 새긴 묘비 앞에서
미처 탄식하는 신음을 죽이지 못했던가

이마에 튄 하얀 피
손등으로 닦아내던 사내, 힐끔
나를 돌아본다
깡마른 사내의 허리
꼿꼿한 직립이다

• 호치민시 (옛 사이공) 근처의 베트남전 전쟁 유적지.

개민들레

괄시해선 안 되는 목숨들이라고
유월의 햇살이 말했다

토종이 아니라는 이유로
추방을 생각했던 사람들이 있었지만
작고 여린 목숨일지라도
저항의 방식 하나쯤은 있는 법
여린 홑씨 하나로
사람 사는 곳이라면 어디서나
노란 꽃대 밀어 올리는 저 견고한 힘

이제 여기가 내 집이라고 명토 박듯
그렇게 섬의 생명으로 거듭 환생한
노란 꽃 무더기들이
한라산 들판에 피어 흔들리고 있다

제 근본이었던 땅을 떠나고 싶어 떠났겠냐고

바다 건너 이 섬까지 흘러오고 싶었겠냐고
살아보겠다고 씩씩하게 살아보겠다고
연삼로 꼼장어구이 집에서 서빙하던
베트남 여인 꿍웬
그는 오늘도 노랗게 노랗게 웃고 있을까

아름다움과 아픔의 경계, 경계 지우기

안상학 • 시인

2002년, 마흔한 살 때 제주에 처음 가보았다. 그때까지만 해도 내 머릿속에는 선명한 제주의 이미지가 없었다. 혼란 그 자체랄까. 지극히 감상적인 삼다도, 삼무도의 이미지와 유채꽃 흐드러진 이국적인 풍경의 관광지라는 캔버스에 도무지 어울리지 않는 항쟁의 깃발이 여러 개 꽂혀 있는 섬. 혜은이의 노래 〈감수광〉은 안치환의 〈잠들지 않는 남도〉로 덧칠되었으며, 이생진의 시 「그리운 바다 성산포」는 이산하의 「한라산」으로 개칠되었다. 심지어는 추사 김정희의 〈세한도〉조차 강요배의 〈동백꽃 지다〉로 뒤덮였다. 게다가 소설가 현기영의 4·3항쟁 증언 일변도의 선도적이고 독보적인 행보는 제주를 더욱 이해하기 힘든 구석으로 몰아붙였다. 아름다운 섬 제주와 아픔의 섬 제주는 좀처럼 좁혀지지 않는 간극이 존재했다.

개헌 투표일이 노는 날이라고 여관방을 잡고 앉아 신춘문예용 단편을 끄적거릴 생각이나 하고 있던 자신이 가소롭기 짝이 없었다. 더구나 내 글이란 게 기껏 구미의 부조리문학을 흉내 낸 잠꼬대 같은 내용이 아닌가. 대성통곡을 터뜨려도 시원찮을 그 기막힌 날에 말이다. 가난의 재발견. 먼저, 내가 젖줄 대고 자란 척박한 섬땅, 침탈과 대학살과 가난으로 찌든 고향의 모태로 정신적 귀향을 감행해야 하리라. 바로 이 유신에 역설적인 교훈이 있었다. '세계인의 망상을 버리고 한국적 민주주의를 하자'에 맞

서, 적의 무기로 적을 치듯이 세계의 망상을 버리고 국적 있는 문
학을 해야 옳았다.

　　　　　　　　　　　　—현기영, 「겨우살이」, 『아스팔트』 198~199쪽

　해방공간과 한국전쟁 중에 초토화된 제주에서는 죽은 자나
살아남은 자나 입을 닫아걸기는 마찬가지였다. 섬 어디를 가
나 저승새가 울어쌓는 땅에서 살아가는 것은 형벌이나 다름없
었다. 떠날 수 있는 사람은 떠났다. 본적도 제주말도 버렸다.
고향 쪽으로는 오줌도 누지 않는 문학을 지향했다. 그의 고백
대로 카프카나 까뮈를 끼고 살며 부조리문학을 추구하던 그였
다. 다분히 자전적인 위의 소설에서 고백했다시피 그는 1972년
유신헌법 개헌 투표 과정에서 크게 깨달음을 얻고 일대 방향 전
환을 한다.
　현기영은 1975년 〈동아일보〉 신춘문예에 4·3항쟁을 다룬
소설 「아버지」로 등단했다. 이후 그는 고향 제주의 아픔과 고
통, 지울 수 없는 상처를 끌어안고 역사의 격랑 속으로 정면 승
부를 감행해 들어간다. 역사의 뒤란에 내동댕이쳐진 신축항쟁
과 4·3항쟁을 끌어내어 소설의 씨줄로 잡고, 입에 담기 어려웠
던 제주의 '장두'들인 이재수, 이덕구를 불러 세워 당당하게 이
름표를 달아 날줄로 직조했다. 그 위에 역사의 전면에 나섰던
영혼들의 꿈과 시대의 격랑 속에 뜻 모르게 스러져간 민중들의

한을 아로새겼다.

흔히 문학을 일컬어 잠수함의 토끼, 탄광 속의 카나리아, 연탄 구들방의 십자매로 비유한다. 무엇보다도 먼저 깨어나 위험을 알리는 첨병. 현기영은 누구보다도 먼저 제주 4·3항쟁을 서슬 푸른 유신시대에 들고 떨쳐 일어났다. 필화로 갖은 고초를 겪었지만 굴하지 않고 지금까지 수많은 증거와 증언으로 일관된 문학 인생을 걷고 있다. 한국문단도 문단이지만 제주문단도 그에게는 여러모로 빚이 있는 셈이다. 영원히 재갈이 물려 있을 것만 같던 금기의 빗장을 열고 말문을 터준 그가 아니던가.

제주 처음 간 날은 그해 '시월의 마지막 밤'이었다. 다분히 김수열 시인의 입김이 작용했을 '섬, 이 가을 노래'라는 시낭송회에 초대를 받은 자리였다. 이튿날부터 동갑내기 벗 박경훈(현 제주문화재단 이사장)의 안내로 4·3항쟁 유적지며 영화 〈이재수의 난〉 촬영지를 돌아봤다. 한번 길을 내서 그런지 이후로는 심심찮게 드나들었다. 제주를 떠올리면 늘 아름다움과 아픔 사이에서 허우적거리던 마음도 점차 안정이 되어갔다. 역사와 자연환경을 익히는 과정에서 제주는 하나의 통합된 이미지로 내 마음속에 차츰 자리 잡았다. 다 글벗들 덕분이다. 그중에 한 사람이 이종형 시인이다. 감히 제주 시인의 첫 시집에 발문을 달겠다고 용기를 내보는 것도 이러한 연유에서다.

만삭의 내 어머니
철모르는 뱃속 발길질에
눈물짓기 딱 좋은 어둠이었다는데

성 밖 오름 정수리 달구던 봉홧불 사그라지고
대숲에 성긴 바람도
숨죽이던 겨울 근처
섬은 납작하게 엎드려 있었다는데
어머니 배만
봉긋 솟아 있었다는데

뜨끈한 구들장 온기 위로
내가 툭 떨어져 탯줄 자르기 전
외할아버지는 곡괭이 들고
어머니의 작은 방
그 방바닥을 다 파헤쳤다는데

육군 대위였다는 육지것 내 아버지
그 씨가 미워서였다는데
배롱꽃처럼 고운
딸을 시집보내 얻은 세 칸 초가집의 평온

그게 부끄러워서였다는데

산에선 아직

돌아오지 못한 사내들이 많았다는데

저야 알 수 없지요

가을 억새 빈 대궁

깃발로 펄럭이고 죽창 시퍼렇던 밤

멀리 한라산 기슭,

초가집 활활 불타는 모습이 꼭

대보름 달집 태우는 듯했다는 시절

저야 살아본 적이 없으니까요

―「자화상―동짓달 스무사흗날 밤에 관하여」 부분

　　음력으로 을미년 '동짓달 스무사흗날 밤'은 다름 아닌 이종
형 시인의 생일이다. 양력으로 따지면 1956년 1월 5일이다.
1948년 4월 3일 일어난 항쟁의 불길도 사그라지고 한국전쟁이
멈춘 지도 이태가 되어가는 시점이다. 두 차례 난리를 직접 겪
은 것도 아닌데 그는 자화상에 굳이 4·3항쟁을 끌어들인다.
"육지것"으로 명명되는 아버지도 고명처럼 앉힌다. 무언가 정
상적이지 않는 부모의 관계도 배경으로 걸어놓는다. 곡괭이를
든 외할아버지와 "돌아오지 못한 사내들"까지 잊지 않고 호명

한다. 4·3항쟁을 다룬 시편들을 배치한 1부에 이 시를, 그것도 한가운데에 끼워 넣은 의도는 무얼까. "알 수 없"고, "살아본 적"도 없는 그때는 그에게 어떤 의미가 있는 걸까.

그는 이번 시집에서 종래에는 전혀 찾아볼 수 없었던, 어긋나버린 가계와 태생의 비밀을 담은 시들을 과감하게 던져놓는다. 위의 시를 비롯해서 「꽃비 내리는 봄날」, 「생명」, 「원준에게」, 「아버지」, 「당부」, 「해후」까지 모두 7편이다. 뭍에 처자식이 있는 나이 든 사내와 스물넷 제주 처녀의 결합, 축복받지 못한 출생, 그런 아버지의 요절과 부재, 젊디젊은 어머니의 재혼, 외조손 가정에서 눈칫밥으로 성장한 고아 아닌 고아 의식, 육군 대위로 제주에서 복무한 '육지것' 아버지로 인한 4·3항쟁에 대한 원죄의식, 무모할 정도로 자신만큼은 아버지의 자리를 굳건히 지키고 자손에게 대대로 물려주고야 말겠다는 강박관념 따위로 차곡차곡 쌓여온 그의 고통의 지층을 짐작하고도 남고, 차고 넘친다. 오랫동안 아버지를 아버지라 부르지 못하고, 어머니를 어머니라 부르지 못한 아픔을 안고 살아온 사내. 결혼해서 장인을 한사코 '아버지'라 부르며 아픔을 달래고, 다 늙어 홀몸이 되어 돌아온 어머니를 어색하게 부르며 슬픔을 매만지고 있는 갑년을 넘긴 사내 이종형.

이제 놓아줄 때가 되었다

그만 미워해라

곰곰 생각해보면 아들이 자라 아버지가 되고

자손들 오뉴월 버드나무 가지처럼 뻗어가는 기쁨을

다 누려보지 못했으니 불쌍한 양반 아니냐

겨우 세 살 먹은 너를 두고

요절한 네 아비는 또 얼마나 안타까웠을까

미워한 적은 없었지만 원망은 몇 번 했고

살아오는 동안 가끔씩 그리웠을 뿐이라고

그렇게 얘기하면 착한 아들은 될 수 있을지 모르지만

사진 한 장 남겨놓지 않은 당신 때문에

삶과 불화한 세월이 길었다

내 몸에 깃든 사소한 버릇까지 죄다 당신을 닮았다는데

이제 나를 미워하는 일을 그만둘 때가 되었다

—「아버지」 전문

　언제인지 정확하게 기억은 나지 않지만 어느 술자리에선가 이종형 첫 시집 출간 이야기가 나왔다. 발문은 내가 쓰겠다는 뜻을 비쳤고 당사자로부터 동의를 얻었다. 세월이 꽤 흘렀으나 잊지 않고 원고가 내게로 왔다. 설레며 읽어 내려가던 내 마음은 어느 순간부터 자꾸만 무거워졌다. 무언가 봐서는 안 될 것을 봐버린 사람처럼 안절부절 마음의 갈피를 잃었다. 겨우 일독하고는 밀쳐두었다. 꼭 그랬다. 4·3항쟁을 다룬 현기영의 소설들을 대할 때 느꼈던 그 심정이었다. 읽을 때도 그렇지만 읽고 나서도 한동안은 서럽고 답답하고 괴롭고 우울하기는 이종형도 마찬가지였다. 우울증이 병이라고 믿지도 않고 알지도 못하지만 세상에서 말하는 증세 그대로를 내가 앓고 있는 것처럼 느껴졌다. 무엇을 삼켜도 목에 자꾸만 걸리는 것만 같았고, 자연스럽게 움직이던 손발은 자꾸만 허방을 짚었다.

좀처럼 시집 원고에 손이 가지 않았다. 다시 들춰보기보단 차라리 제주 하늘에 낮게 깔린 먹장구름을 걷는 게 더 쉬울 것만 같았다. 시의 행간을 들추고 나를 바라보는 어떤 눈빛들을 마주한다는 것은 실로 두려운 일이었다. 차일피일 미루던 발문을 마감에 쫓겨서야 겨우 서두를 뗄 수 있었다. 어렵사리 마음을 내고 다시 시집 원고를 읽어 내려갔다. 아니나 다를까 내가 두려워한 눈빛들이 시 한 편 한 편마다 나타나서 나를 바라보고 있었다. 그 눈빛은 얼씬덜씬 때로 초토의 땅에 버려진 소년의 눈빛으로, 더러는 증오와 분노를 곱씹으며 자신만큼은 정상적인 가정을 이루고야 말겠다고 동분서주 고군분투하는 사내의 눈빛으로, 검은 화산섬에 피맺혀 있는 초토의 비밀을 알아버린 사내의 눈빛으로, 끝내 용서와 화해, 상생과 평화를 깨달은 초로의 눈빛으로 섞바뀌며 뒤섞이며 내 흔들리는 시선을 비끄러매었다. 눈빛 하나하나와 마주칠 때면 내 마음은 때로 안타까움으로, 연민으로, 공감으로, 혹은 차마 마주할 수 없는 외면으로, 더러는 어떤 서러움과 처연함으로 섞바뀌어가는 눈빛을 내다 걸 수밖에 없었다.

수십 년 눈칫밥이야 기꺼이 참아낼 수 있었다지만
내겐 허락되지 않았던 아버지라는 단어와
그와 엮인 문장들을 지어낼 수 없어 두려웠던 시간들
끝내 채워지지 않는 허기 탓이었는지
오래전 네가 내게로 왔을 때부터
지금까지
나는 늘 서툴고 허둥대는 아버지였던 것이다

아버지가 아들이 되고
아들이 아버지가 되며
생각할수록 참 고마운 한 가계가 마침내 완성되었으므로

너는 절대 그 자리에서 물러서지 말아라

아버지로 시작되는 문장을 결코 잊어버리지 말아라

아버지와, 아버지의 아버지에 대해

오래 묵힌 슬픔에 대해

너에게 처음 털어놓는 고백 같은 것이다

— 「당부」 부분

이종형은 2004년에 등단했다. 대저 쉰에 가깝던 사내의 소매를 시의 세계로 끌어당긴 것은 무엇인가. 이 섬세한 가락과 따뜻한 울림을 꼭꼭 숨겨두고 에둘러올 수밖에 없었던 이유는 대체 또 무엇이란 말인가. 단순하다. 첫째, 부재와 결핍의 상처를 대물림할 수 없다는 삶의 자세가 우선하였을 소치다. 시인 자신은 "늘 서툴고 허둥대는 아버지였"지만 자리를 지키며 자식에게도 "절대 그 자리에서 물러서지 말아라"고 '당부'하고 있다. "한 가계가 마침내 완성되"기를 갈구하며 산 꿈을 이룬 것이다. 그다음 꿈이 부재와 결핍에 따른 상처를 치유하고 마음의 가계도를 완성하는 것으로 보인다. 방편으로 선택한 것이 시다. 오래 묻어두었던 시의 꿈을 비로소 끄집어낸 것이다. 삶이 우선하며 밀쳐둔 시의 꿈. 꾹꾹 눌러둔 시의 꿈을 쉰 줄에 가까워서야 펼쳐 보이기까지 그 인고의 세월 또한 실로 만만찮았을 터이다. 요컨대 이 시집에서 그의 또 하나의 염원이었을 마음의 가계도를 완성해보려는 의도가 분명해 보인다.

　한 아버지를 가졌으나 어머니가 다른 두 사내가
　백 미터 전부터 한눈에 서로를 알아봤다

　경주군 강동면 단구리 버스정류장
　고작 서른 몇 살에 세상 뜬 아버지를 둔, 가여운 사내 둘이 손
을 맞잡고
　아무 말도 하지 못한 채 서로의 얼굴만을 뚫어지게 바라다보
는데
　너무나 닮아, 차라리 무서우리만큼 빼다 박아
　다른 어머니 몸을 빌려 태어난 내력도
　서로 못 보고 살아온 수십 년 세월도 단숨에 비껴가는 것이
었다

—「해후」부분

　아버지의 얼굴도 모르는 채 사별한 한 사내가 도무지 풀 수
없는 퍼즐의 한 조각이라도 맞춰보려는 심정으로 고향을 찾아
간다. 주소 한 장 달랑 들고 물을 건너, 산을 넘고, 강을 건너
찾아간다. 주소에 적힌 마을의 차부에 내려 갈 길 몰라 서성인
다. 경주 이씨 집성촌, 거개가 집안사람이라 아무개를 쏙 빼닮

은 사내를 단박에 알아보고 반색을 한다. 사내와 닮은 사내의 집에 통기를 넣고 그간의 삶을 재빠르게 꿰맞춘다. 사내와 닮은 사내가 버선발로 뛰어온다. 먼발치서도 거울 보듯 닮은꼴 앞에서 두려움과 경계심은 일순 무장해제된다. 머쓱하지도 않은지 손을 잡고 두 사내의 아버지가 살았을 집으로 걸어 들어간다. 어쩌면 서로가 서로의 존재 때문에 불편했을 사이. 그래서 오히려 동병상련의 정을 느꼈던가. 친지들에게 둘러싸여 훈기마저 느껴지는 두 사내의 '해후'. 사내는 한 사내가 내놓은 낡은 사진 속의 아버지를 확인했을까. 중년까지 맞출 수 없었던 하나의 퍼즐을 맞추기는 한 걸까.

　　손과 발을 새로 얻었습니다
　　콩닥거리는 작은 심장도 하나 더 생겼습니다

　　아비 떠난 후, 홀로 남겨진 섬에서
　　소리 없는 너울에 밀린 몸처럼 가끔씩 기우뚱거리던
　　세상의 중심이 한순간에 잡혔습니다

　　시공의 경계를 단숨에 건너
　　이제 막 돌아온 작은 생명 하나로
　　마침내 한 家系가 완성되었습니다

이만하면 되었다 싶습니다

—「원준에게」 전문

아버지를 모르던 사내가 아버지가 되고, 그 아들이 다시 아버지가 된 상황을 "마침내 한 家系가 완성되었"다고 애써 되뇌고 있다. 그 이면에 존재하는 부재의 아버지를 더 이상 대물림하지 않은 것만으로도 한 사내의 삶이 완성된 것만 같은 착각을 불러일으킨다. 이런 날을 위해서 고투했을 한 사내의 어깨가 떠오른다. 좀은 홀가분한 느낌이다.

대개의 시인들이 부재와 결핍이라는 원재료의 폭력성과 거기에 노출된 아픔과 상처라는 부재료의 자유의지를 사용한 요리법을 들고 시의 길에 입문한다. 필연코 슬픔이라는 손맛이 가미된다. 슬픔은 온전한 사랑의 부재와 결핍에서 오는 정조다. 슬픔이 시를 이끌어가는 방식은 부재를 실재로, 결핍을 충족으로 변환하는 꿈이라는 동력을 사용한다.

이종형은 아버지라는 존재의 전면 부재와 어머니라는 존재의 간헐적 결핍을 천형처럼 안고 있다. 그는 두 가지 폭력으로부터 받은 상처에서 해방되는 방식으로 두 가지를 선택했다. 하나는 현실적인 극복으로 삼대의 가계를 완성하면서 일단락 지은 형국이다. 하나는 정신적인 극복으로 시를 통해서 형상화하고 객관화시킴으로써 천형처럼 짓누르고 있던 생래적 슬픔으로부터 해방된 형국이다. 이 첫 시집이 바로 그 소산이다. 아픔과 아름다움이 버무려져 상생과 해원의 세계를 펼쳐 보이고 있다. 꼬박 한 갑자가 걸린 셈이다. 나는 이 사실 하나만으로도 이 시집의 무게가 결코 가볍지 않다고 믿는다.

　이 좋은 햇볕 그냥 보내면 죄짓는 거다
　어렸을 적 외할머니가 하신 말씀

　뒤란 장독대 반짝거리게 닦아놓고도 햇살은 남아
　누렇게 변색된 격자 창호문에 새 창호지 바르는 날
　밀가루 풀을 몰래 손가락으로 찍어 먹다 혼나던 날
　긴 겨울밤을 위해 문풍지를 길게 남겨둬야 하는 이유를 알게
된 날

　흰 창호문은 결 좋은 햇살에 말라가고
　첫눈이 내리려면 몇 밤이 남았는지 헤아리듯
　손가락으로 톡톡 퉁기면
　동동 작은 북소리 울리던 날

아무것도 한 일 없어 죄짓다 말고

문득,

당신 생각에 눈시울 붉어지는 오늘 같은 날

—「10월」 전문

"이 좋은 햇볕 그냥 보내면 죄짓는 거다"라는 표현은 제주의 관용어가 아닐까. 현기영의 소설에서도 가끔 등장하는 것을 보면 알 수 있다. 그만큼 제주의 날씨가 햇살 바른 날이 아까울 정도로 많지 않다는 방증이기도 하다. 오죽하면 '삼대 적선을 하지 않고서는 한라산의 얼굴을 볼 수 없다'는 말이 나왔을까. 내 경우도 일천한 제주 경험이지만 바람 자고 햇살 바른 날이 드물었던 것으로 기억한다. 어느 계절을 막론하고 바람은 일상적이었으며 구름은 두껍고도 낮게 드리워져 있었다. 비와 눈보라는 바람의 길을 보여주는 역할을 충실히 하면서 휙휙 지나가는 존재들이었다. 어쩌면 그의 인생도 제주 날씨처럼 햇살 바른 날이 드물지 않았을까 하는 생각이 든다. 하나하나 퍼즐을 맞추고 매듭은 풀며 인고의 세월을 살 수 있었던 것도 간간이 걸려드는 햇살 바른 날들의 기억이 있었기 때문에 가능하지 않았을까. 스무 살까지 외할머니의 늙고도 따순 '곤밥'으로 자란 그로서는 이 가르침이 각별할 터이다.

평생 슬픔과 동행하며 실랑이를 벌여온 이종형. 상생과 해원, 그 원융의 세계를 매만져온 장인답게 세계의 슬픔과도 정성스런 마음으로 대한다. 신축항쟁, 4·3항쟁, 베트남의 아픔을 함께하는 시편들에서도 옷깃을 여미는 그의 모습이 가지런하다. 늦은 등단도 모자라서 그 후로도 십 년을 훌쩍 넘겨 시집을 내는 것이 하나도 아깝지 않다. 안으로 빼곡하고 밖으로는 실하게도 여물었다.

글을 마칠 때쯤 되니 제주도 고기국수가 생각난다. 어쩌다 제주에서 통음을 하는 날이면 꼭 마지막 차수로 고기국수를 먹어야 직성이 풀렸다. 대개는 이종형 시인을 앞장세웠다. 담백한 국물과 약간 저항하는 국숫발에 걸쳐 먹는 돼지고기 수육 맛은 일품이다. 내가 제주를 알아가는 방식 중의 하나다.

오래전 4·3항쟁 관련 자료를 뒤적이다 내 고향 안동의 형무소도 관련이 있는 것을 알고 깜짝 놀란 적이 있었다. 실형을 선고받고 육지로 이송된 그 죄 없는 사람들 중 대체로 여성 수인들이 안동형무소에서 수형 생활을 했다는 기록이었다. 이후 나는 4·3항쟁에 관해 부쩍 관심이 늘었다. 자료를 찾아보고 관련 서적을 읽었다. 제주에 가면 어쨌거나 현장을 느껴보고 싶어 조바심을 냈다. 4·3항쟁을 주제로 한 시도 여러 편 써봤지만 성에 차지 않았다. 태생적으로 '육지것'은 육지것인 모양이다. 아직도 현기영의 소설 『順伊 삼촌』을 생각하면 의식적으로는 여성인데 감성적으로는 아직 남성명사로 강고하다. 채 멀었다.

이종형 첫 시집 『꽃보다 먼저 다녀간 이름들』, 제목부터 가슴이 아프다. 봄이 오기 전에, 꽃이 피기도 전에 추운 세상에 다녀간 사람들. 참으로 시집에 걸맞은 제목이다. 통독하며, 거듭 읽으며 시인과 제주도를 좀 더 이해하게 되었다. 다 감사한 일이다. 언젠가 나도 4·3항쟁을 다룬 시를 제대로 쓸 수 있기를 기대한다. 그것이 제주도와 글벗들에 진 빚을 조금이라도 갚는 일이 될 것이다. 여기까지다. 고기국수가 먹고 싶은 밤이다.